Till Mateo
från mormor 2008-06-14

Till Mateo
från mormor 2008-06-14

Det var en gång en gubbe som hette Pettson. Han hade en katt som hette Findus. De bodde i ett litet rött hus med snickarbod och hönshus och vedbod och utedass och trädgård. Runtom fanns åkrar och ängar och lite längre bort låg skogen.

Det påstods att Pettson var tokig.
Folk pratar så mycket. Man vet inte vad man ska tro.
Visst var han lite glömsk och tankspridd, ibland,
Pettson. Alldeles som andra var han ju inte,
där han gick ensam och pratade med katten.
Och det hade väl inte varit så farligt med det,
om det inte var för det där som Gustavsson berättade.
Det där om Pettsons pannkakssmet.
Och att han klättrade över taket när han skulle
till affären. Och att han hade knutit en gardin i
svansen på katten. Det hade ju Gustavsson själv sett,
så det var säkert sant. Bär man sig åt på det viset
då måste man ju vara tokig, eller hur?

Allt det här som gjorde att folk pratade så mycket om Pettson, det hände på Findus födelsedag. Findus hade födelsedag tre gånger om året, bara för att det var roligare så. Varje gång katten fyllde år bakade Pettson en pannkakstårta åt honom.

Som vanligt hade Pettson varit i hönshuset den morgonen och plockat hela korgen full med ägg. Och nu satt han på bänken utanför köksdörren och putsade äggen. Rena och fina skulle de vara allesamman, för Pettson ville vara en ordentlig gubbe. Findus gick otåligt fram och tillbaka på bänken och väntade på att pannkaksbaket skulle börja.

— Ska det vara nödvändigt att putsa alla äggen NU? sa katten irriterat.
Då hinner jag ju fylla ett år till innan det blir nån tårta.

— Jaså, du är så otålig, sa gubben. Då får vi väl sätta igång med det-
samma då. Vi tar med oss tre ägg och går in i köket, så får vi väl se om
det blir nån tårta.

— Klart att det blir en tårta, sa Findus. Han var redan inne i köket
och letade fram pannkaksjärnet.
Resten av äggen fick ligga kvar i korgen ute på bänken.

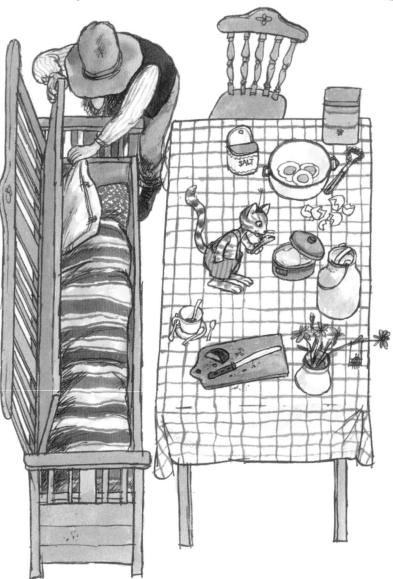

Pettson slog upp äggen i en skål.

— Nu ska vi ha mjölk och socker och lite salt och smör och mjöl, sa han och plockade fram från skafferiet. Men mjölet hittade han inte.

— Var är mjölet nånstans? Har du ätit upp mjölet, Findus? ropade han från skafferiet.

— Jag har minsann aldrig ätit upp nåt mjöl, sa Findus förnärmat.

— Då har jag väl gjort det själv då, muttrade gubben och kliade sig fundersamt på näsan.

Han letade tre gånger till i hela skafferiet, i vedspisen, i garderoben och i kökssoffan, men inget mjöl hittade han.

— Då får jag väl cykla till affären och köpa mjöl då. Vänta du här, så är jag snart tillbaka, sa Pettson till katten och gick ut till sin blå cykel. Men katten ville ju inte vänta där, så den var ute före gubben.

När Pettson skulle ta sin cykel och åka iväg såg han att det var punktering på bakdäcket.

— Vad är nu detta? Är det du som har bitit hål i däcket, Findus? gnällde gubben lite småilsket.

— Jag biter minsann aldrig hål i några däck inte, svarade katten förnärmad.

— Då måste jag väl ha gjort det själv då, mumlade gubben bekymrat och drog sig i örat. Men det gör inget, för det fixar jag snabbt. Vänta du här bara, så ska jag hämta lite verktyg i snickarboden. Sen lagar jag punkteringen och så kör jag iväg och köper mjöl, så vi kan fortsätta med din pannkakstårta.

Men katten ville ju inte vänta där, så den sprang före till snickarboden.

Och Pettson och hans katt letade
överallt efter en lång pinne.
De letade i hönshuset, bakom snickar-
boden, i trädgården, i vedboden,
bakom finsoffan och i skafferiet.
Men ingenstans hittade de en lång
pinne. Inte förrän Pettson kom på
att han hade ett långt metspö uppe
på loftet ovanför snickarboden.

— Metspöt blir bra, tyckte Pettson.
Då måste jag först hämta stegen
och klättra upp över taket
och ner genom takluckan.
Men stegen, den står bakom
vedboden i Anderssons hage
och där står också Anderssons
ilskna tjur och sover och använ-
der stegen som huvudkudde.
Så jag vågar inte gå och
hämta den, för då vaknar
han och då blir han galen.
Vi måste först lura bort honom
på något sätt. Hur ska nu det
gå till då?
Pettson rev sig i skägget och
funderade så det knastrade.

— Är du bra på tjurfäktning? frågade gubben Findus efter en lång
stunds grubblande.

— Nää. Jag har aldrig fäktat en enda tjur, svarade Findus förskräckt.

— Så synd, sa Pettson bekymrat. För om vi inte kan lura bort tjuren så kan jag inte hämta stegen och då kan jag inte plocka ner metspöt från loftet och då kan jag inte fiska upp nyckeln från brunnen och då kan jag inte komma in i snickarboden och hämta verktygen och då kan jag inte laga cykeln och då kan jag inte köra och köpa mjöl och då blir det ingen pannkakstårta. Och vad blir det för en födelsedag om vi inte får någon pannkakstårta?

Findus satt tyst en stund sen sa han:

— Men en och annan ko har jag ju satt fart på förstås. Så då ska jag väl kunna få fart på den där gamla tjuren också, om det kniper.

— Ja, jag tänkte väl det. Att det kniper i magen efter tårta, vid det här laget, sa Pettson och plirade pillimariskt på katten. Men det är väl kanske så att världens snabbaste katt är lite lat ibland. Nu ska jag bara gå in och hämta några saker, så ska vi väl få fart på den där tjuren sen. Vänta du här bara så är jag snart tillbaka, sa han och gick in i huset.

I köket tog gubben ner en av de rödgulblommiga gardinerna, och i finrummet hämtade han trattgrammofonen och en grammofonskiva.

Sedan gick han ut till katten och knöt fast gardinen i svansen på honom.

— En sån här gardin har dom när dom tjurfäktar i Spanien, sa Pettson. Spring nu inte iväg förrän jag säger till! Sedan gick han och ställde grammofonen vid stängslet till hagen där Anderssons tjur stod och sov. Han lade på skivan och vevade igång. Det var en annan gubbe som hette Jussi Björling, som sjöng en sång som heter ''Till havs''.

— Det här borde kunna väcka upp vem som helst, fnittrade gubben förtjust.

När ljudet skrällde ut ur tratten och ut över hagen tog tjuren först bara några sömniga steg hit och dit och lade huvudet tillrätta på stegpinnen och somnade om, för han som sjöng på skivan tog det lite försiktigt i början. Men sen, när han tog i allt vad han orkade, då blev det fart på tjuren.

Han vaknade med ett skutt rätt upp i luften och stirrade förskräckt åt alla håll.

— Va? vad var det?? Han såg mer och mer irriterad ut och blängde ilsket på en humla som körde förbi. Nej det var inte den. Det kom där bakifrån nånstans. Han snurrade runt och fick syn på Pettson och katten och trattgrammofonen. Så bölade han: Där är det, ta bort det där oljudet, annars gör jag det själv! och så sänkte han huvudet och steppade fram och tillbaka för att få ordentligt fotfäste. Han spände alla musklerna och tog sats och med ett ryck dundrade han iväg mot Pettson och Findus och grammofonen.

— Nu! viskade Pettson till katten. Spring allt vad du kan! Och Findus for iväg som en komet med den rödgulblommiga gardinen fladdrande i svansen. När tjuren fick syn på den, tvärvände han och rusade efter, för han var så yrvaken och ilsken att han trodde det var gardinen som skrällde så förskräckligt.

När de hade hunnit halvvägs över hagen skynda-
de sig Pettson att krypa under stängslet. Han
hämtade snabbt stegen och kröp tillbaka igen.
Just då kom katten tillbaka i världens fart med
den gula gardinsvansen efter sig.

Tjuren, som var alldeles slut efter jakten, stod
och flåsade längst bort i hagen och undrade vad
det var som hade hänt.

Men Findus fortsatte i alla fall av bara farten förbi bänken utanför köks-
dörren där äggkorgen stod. Gardinen fastnade i korgen och välte
omkull den så att alla äggen trillade ut i en vattenpöl. Och i nästa
ögonblick hade Pettson också trasslat in sig i gardinen, så han snubbla-
de och satte sig rakt i äggröran. Inte ett ägg var helt.

Pettson svor en lång ful ramsa och kravlade sig upp och glodde ilsket på den geggiga pölen.

— Varför har du ställt äggakorgen på bänken, Findus! Titta nu som här ser ut! bråkade han.

— Jag har minsann inte ställt några ägg på nån bänk! fräste katten förnärmad.

— Då har jag väl gjort det själv då! fräste gubben tillbaka.

Sedan lugnade han ner sig, eftersom det var Findus födelsedag.

— Det var ju för bedrövligt det här, suckade han. Jag måste faktiskt städa upp lite innan jag fortsätter med din pannkakstårta, för jag är en ordentlig gubbe.

Så han tog en skyffel och började ösa den leriga äggröran i en slaskhink. Just då kom Gustavsson.

— Hej du Pettson. Jaså du jobbar och står i som vanligt, sa Gustavsson och kikade nyfiket på äggröran.

— Nja, det är inte så mycket med det idag, inte, svarade Pettson. Vi firar födelsedag nämligen, så jag håller på och rör ihop en pannkakssmet. Jag tänkte baka oss en riktigt fin pannkakstårta.

Han öste upp sista skopan ägglera ur pölen.

— Sådärja, sa han och sträckte på sig och torkade av händerna på byxbaken. Då kände han att byxorna var alldeles äggiga och geggiga.

— Jag kan gott kosta på mig ett par nya byxor. De här är ju över trettio år gamla, tänkte han och drog av sig dem.

— Vi slänger väl i de här också. Har man födelsedag bara tre gånger om året så skall man fira ordentligt, sa han och tryckte ner byxorna i hinken.

Gustavsson bara stirrade på sörjan i slaskhinken. Pannkakssmet! Han sneglade försiktigt på Pettson. Gubben måste ha blivit tokig! Det är säkrast att inte låtsas om nånting.

— Jaså, det ska bli pann-
kakstårta till dig och katten.
Det låter gott! sa Gustavsson
och försökte låta uppmuntran-
de.

— Jojomänsan, eget recept,
sa Pettson och såg stolt ut. Men
först måste jag iväg till affären
och köpa mjöl. Vänta här lite
så är jag strax tillbaka.

Han tog stegen och gick bort
till snickarboden, klättrade
upp och försvann på andra si-
dan takåsen.

Gustavsson stod kvar några ögonblick och tittade upp mot
taket. Sen såg han på den leriga äggröran i slaskhinken
och på katten som gick otåligt av och an med en rödgul-
blommig gardin knuten i svansen, och på vevgrammofo-
nen som hade hängt upp sig och skrålade — haaavs, tiiiill
havs-haaavs, tiiiill havs-haaavs, tiiiill havs—. Sen tittade
han upp mot taket igen, där Pettson hade försvunnit.

— Affären ligger ju åt andra hållet, sa han halvhögt.

Sedan vände han och gick hemåt. Han såg mycket fun-
dersam ut.

Från den dagen ansåg alla
trakten att Pettson hade bliv
tokig. Men det tyckte inte Fir
dus. För när gubben hade kr
pit in genom takluckan till lo
tet på snickarboden, så hittad
han efter en stund metspö
Sen klättrade han ner igen oc
böjde fast en krok av ståltrå
längst ut på spöt, och så gic
han till brunnen och fiskad
upp nyckeln. Sen öppnade ha
dörren till snickarboden oc
hämtade sina verktyg och laga
de punkteringen på cykeln oc
cyklade till affären och köpt
mjöl och nya byxor och körd
hem igen och bakade en sma
rig pannkakstårta till Findus.

Sedan satt de i trädgården och drack kaffe och åt tårta och spelade
wienervalser på vevgrammofonen, precis som de brukade göra när
Findus hade födelsedag.
Inte var Pettson så tokig inte.

Bokförlaget Opal AB
Printed in Belgium, 2007
ISBN: 978-91-7270-337-7